마르가리타의 모험 3

기묘한 마법 사탕

구도 노리코 글·그림 김소연 옮김

천개의바람

마르가리타

레스토랑을 뒤집어 만든 배,
'카사호'를 타고 모험 중인 요리사 곰이에요.
호기심으로 삼킨 마법 사탕 때문에 엄청난 변화를 겪게 되어요.

마르첼로

언제나 다정한 마르가리타의 꿀벌 친구예요.
아름다운 노랫소리를 아주 좋아하지요.
기분이 좋을 때는 피리를 불어 흥겨운 분위기를 만들어요.

메기

아름다운 늪에서 쓸쓸하게 혼자 사는 메기예요.
늪 밖으로 나가지 않아서
친구를 사귀어 본 적이 없어요.

여자아이

동그란 달님이 뜬 어느 날,
외로운 메기를 찾아온 친구예요.
깜짝 놀랄만한 비밀을 숨기고 있어요.

곰 마르가리타와 꿀벌 마르첼로.
둘은 카사호라는 배를 타고,
바다를 향해 느긋하게 내려가고 있어요.
따뜻한 바람이 나뭇잎을 흔들며 지나갑니다.
"그 호두 먹어 볼까?"

마르가리타가 여행 중에 얻은
마법 호두를 가리키며 말했어요.
하지만 아무리 힘을 주어도…….
"으음, 단단해서 깰 수가 없어!"

이윽고 꽃이 가득 핀 아름다운 물가에 접어들었어요.

"와, 맛있는 벌꿀을 많이 딸 수 있겠어."

"배도 고픈데, 오늘 밤은 여기에서 쉴까?"

마르첼로가 벌꿀을 모으는 동안,
요리사 마르가리타는
저녁밥을 만들어요.
"오늘 밤에는 동그란 달님 같은
팬케이크를 구워야지!"

"다 됐어, 마르첼로! 응? 왜 그래?"
"노랫소리가 들렸어. 굉장히 아름다운······."
마르첼로는 소리가 나는 쪽을
찬찬히 바라보았어요.
"봐, 작은 동굴이 있어.
저기에서 들려오는 것 같아······."

그때였어요.

뿅!

마법 호두가 마르가리타의 손 안으로 날아들어 왔어요.
그리고 팍! 하고 저절로 깨지지 뭐예요.
호두 안에 들어 있던 것은⋯⋯.

"사탕이다!"
마르가리타는 사탕을 집어서
조심스럽게 입에 넣어 보았어요.

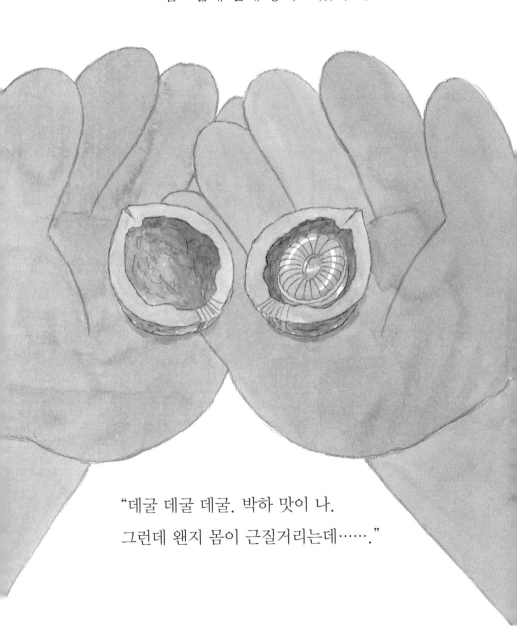

"데굴 데굴 데굴. 박하 맛이 나.
그런데 왠지 몸이 근질거리는데……."

슈루루루루루!

"앗, 마르가리타가 작아졌어!"
그리고 호두 껍데기는 커져서 뿅! 하고
강으로 튀어 나갔어요.

호두 껍데기는 찰박찰박 강 위를 흘러가다가
동굴 앞에서 멈추었어요.
흔들흔들 흔들리며 이리 오라고 손짓하는 것 같아요.

"어떡하지?"
"가 보자!"

마르가리타와 마르첼로는 카사호에서 내려,
호두 배에 올라탔어요.

둘을 실은 호두 배는 조용히 동굴로 들어갔어요.
그리고 천천히 앞으로 나아갔습니다.
"저쪽에서 노랫소리가 들려."
"이제 곧 동굴을 빠져나가게 될 거야."

"늪이다…… 정말 예쁜 늪이네!"
"누가 바위에 앉아 있어.
저 사람이 노래하는 것 같아."

짝짝 짝짝짝.

마르가리타와 마르첼로는 멋진 노랫소리에
저도 모르게 박수를 쳤어요. 그러자……

"누구야?"
"앗, 바위가 돌아본다!"

그것은 바위가 아니라 아주 작은 메기였어요.

"안녕하세요. 저는 마르가리타, 이쪽은 친구인 마르첼로예요.

멋진 노랫소리가 들려서 와 보았는데……."

"깜짝이야! 동그란 달님이 뜬 밤에 손님이 또 왔네."
메기는 눈을 휘둥그렇게 뜨고 말했어요.

"우리는 집으로 돌아가기 위해서 여행하는 중이야.
아니, 사실은 집을 타고 여행하고 있는 거지만……
너희는 이 아름다운 늪에서 사니?"

"아니, 여기에 사는 건 나뿐이야. 이 사람은 손님이지."
작은 메기가 말했어요.
"여기는 아주 멋진 곳이야.
나는 늪 밖으로 나간 적이 없어.
아기 때부터 계속 혼자서 살고 있거든.
어째서인지는 모르겠지만…….

나는 찾아오는 친구도 없이
늘 혼자서 하늘을 올려다보고 있었어.
달님은 하나뿐인 내 친구였지.
매일 밤 나는 달님한테
여러 가지 이야기를 했어.

그런데 얼마 전, 동그란 달님이 뜬 날이었어.
너무 예쁜 달님을 보니
왠지 굉장히 쓸쓸한 마음이 들었어.
그래서 나는 달님한테 기도했어.
'나에게도 찾아오는 친구가 있으면 좋겠어요.'

그리고 돌아봤더니……
여자아이가 있었어.
마치 오늘 밤의 너희들처럼……."

메기의 이야기가 끝나자 여자아이가 생긋 웃었어요.
"이번에는 내가 이야기할 차례네."

"보름달이 뜨는 밤이면 나는 언제나 배를 타고 나가.

늘 그랬듯 그날 밤에도 강을 떠다니고 있는데,
누군가의 울음소리가 들렸어.
목소리를 따라 동굴을 지나 보니……

수련이 핀 아름다운 늪에서
메기가 울고 있었어."

다시 메기가 말했어요.
"우리는 금방 친해졌어.
매일 노래도 불렀지.
정말 즐거웠어.
하지만 나는 알고 있었어.
네가 온 그 날부터
달님은 조금씩 야위어 갔어.
하지만 별만 가득했던 밤도 지나고,
다시 달님이 뚱뚱해지기 시작하더니……
오늘밤은 다시 동그란 달님이 되었지.

나를 위해 이렇게 오랫동안이나
함께 있어 주어서 정말 고마워.
네게는 돌아갈 집이 있겠지.
마르가리타와 마르첼로처럼.
나는 이제 괜찮아.
이제 너희 집으로 돌아가도 돼."
작은 메기는 울고 있었어요.

여자아이는 고개를 저었어요.

"돌아가지 않을 거야.

네가 쓸쓸해하지 않는 날까지,

나는 여기 같이 있을 거야.

내 걱정은 하지 않아도 돼."

"하지만……."

주위는 쥐 죽은 듯 조용해졌어요.

마르가리타와 마르첼로는 뭐라고 말해야 좋을지

알 수 없었어요.

그런데 그때…….

구웅, 꼬르르륵.

마르가리타의 배에서 소리가 났어요.

"그러고 보니 저녁밥을 먹으려던 참이었지."

구웅, 꼬르르륵.

이번에는 메기의 배에서도 소리가 났어요.

"다함께 저녁밥을 먹지 않을래? 잠깐만 기다려!"

마르가리타와 마르첼로는 서둘러 카사호로 돌아가
팬케이크를 만들었어요.
"어떡하지? 팬케이크가 너무 커서 동굴을 지나갈 수 없겠어."
"이렇게 하면 어떨까?"

먼저, 팬케이크에 벌꿀을 듬뿍 바르고
다른 한 장을 그 위에 얹었어요.
그리고 칼로 조각조각 자르자
작은 팬케이크 조각이 많이 생겼어요.

"달걀 껍데기에 꽃잎을 깔면,
도시락 완성!"

"재봉 상자에서 실을 가져왔어."

실로 도시락을 줄줄이 묶자,

호두 배가 스르륵, 저절로 동굴로 들어갔어요.

"오래 기다렸지!
자, 다들 맛있게 먹어."
"와, 잘 먹겠습니다!"
"우물 우물 우물.
진짜 달고 맛있다."

모두 배불리 식사를 마치자, 마르첼로가 피리를 꺼냈어요.
"아까 불러 준 노래에 대한 답례로, 나도 한 곡 연주할게."

마르첼로는 피리 연주를 아주 잘해요.
즐거운 가락이 울려 퍼지자
여자아이도 노래하기 시작했어요.
"아아! 나도 악기를 연주할 줄 알면 좋을 텐데."
마르가리타가 이렇게 말하자,
"나도!"
메기가 말했어요.

"그렇지! 좋은 생각이 났어.
달걀 껍데기에 꽃잎을 씌우고,
실로 묶어서……."
그리고 마르첼로는 부웅, 하고 날아가
작은 버찌를 주워 왔어요.

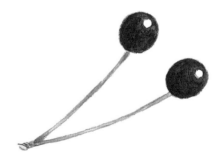

"북이 만들어졌어."
"와, 정말이네!"

쿵쿵쿵 쿵쿵쿵.

메기의 북에서 아주 좋은 소리가 나요.
"자, 모두 함께 연주하자."

쿵쿵쿵 쿵쿵쿵.

피리 소리가 북의 리듬을 타고 춤춰요.
노랫소리는 경쾌하고 신나게 울려 퍼집니다.

개굴개굴개굴 개굴개굴.

갑자기 맞은편 수풀에서
큰 합창이 들려왔어요.
"뭐지?"
마르첼로가 부웅 날아서 가 보니······.

"개굴개굴, 멋진 연주회구나.
우리가 코러스를 해도 될까?"
"물론이지. 같이 하자!"

개구리들은 말했어요.
"동그란 달님이 너무 예뻐서
모두 함께 산책을 하고 있었는데
노랫소리가 들려왔어.
쭉 이 근처에서 살았는데,
이렇게 멋진 늪이 있는지 전혀 몰랐네."

개굴개굴 합창단이 더해져
연주는 더욱 떠들썩해졌어요.
모두가 연주하는 아름다운 음악은
달빛을 받아 강 저 멀리로 흘러갑니다…….

"정말 멋진 연주회야!"

정신을 차려 보니
어느새 많은 관객이
늪에 모여 있었어요.

"정말 기분 좋은 늪이야. 또 놀러 와도 될까?"
한 친구가 말했어요.
메기는 기뻐서 뺨을 분홍빛으로 물들이며 대답했어요.
"물론! 기다릴게."

"잘됐다, 메기야!
자, 축하 파티를 하자.
모두 날 좀 도와줘."

마르가리타는 모두를 데리고 카사호로 돌아가
팬케이크를 많이 많이 만들었어요.

"영차, 영차, 다 함께 옮기자!"

"자, 파티 시작이야!"

"잘 먹겠습니다!"

아름다운 작은 늪이
친구들로 가득 찼어요.
"잘됐다, 메기야! 잘됐어."

딸랑, 딸랑······.

그때, 동굴 속에서 세 척의 배가 나타났어요.
"모시러 왔습니다. 공주님."
"공주님?!"

여자아이는……

아니, 공주님은 놀라는 친구들에게 말했어요.

"이제 헤어질 시간이네.

메기의 늪이 친구들로 가득 찼구나.

마르가리타, 마르첼로, 정말 고마워."

"우리는 보름달이 뜬 밤에만
달빛에 배를 띄워서 이곳에 올 수 있어.
달님이 야위고
별만 가득한 밤이 지나고
다시 뚱뚱해져서 동그란 달님이 되면,
또 놀러올게.
함께 연주하자."

"공주님, 나랑 같이 있어 줘서 정말 기뻤어요.
고마워요."
"나도 정말 즐거웠어."

"잘 있어, 메기야. 다시 만날 날까지……."

"앗!"

모두 사라져 가는 공주님의 모습을 지켜보았어요.

"안녕! 공주님, 안녕!"

동그란 달님이 밝게 빛나는 밤이었습니다.

다음날 아침 눈을 떠 보니…….

"앗, 원래의 크기로 돌아왔어."
"어! 호두 배도 원래대로 호두가 되었어.
신기하네……."

메기는 태어나서 처음으로 늪을 떠나
마르가리타와 마르첼로를 배웅하러 강가로 갔습니다.
많은 숲속 친구들도 함께였어요.

"마르가리타, 마르첼로, 정말 고마워.
둥그란 달님이 뜬 밤에
또다시 모여 연주회를 할 생각이야.
꼭 다시 놀러 와."

"응, 꼭 올게.
또 함께 연주하자!"

"안녕,

다시 만날 날까지 안녕!"

"강이 점점 넓어지고 있어."

"아아, 이 바람은…… 바닷바람이야!"

"바다다! 돌아왔어!"

둘은 카사호를 땅으로 끌어 올리고
넣어 두었던 바퀴를 꺼내서 단 다음,
돌돌거리며 언덕 위로 밀고 갔어요.
그리고…….

으차

영차

끙차

호잇차

"좋았어. 바빠지겠군."
집으로 돌아온 마르가리타는
카사호의 부엌에서
열심히 요리 준비를 했어요.

마르첼로는 카드를 잔뜩 만들어,
"다녀오겠습니다!"
부웅 하고 날아갔습니다.
카드에는 이렇게 적혀 있었어요.

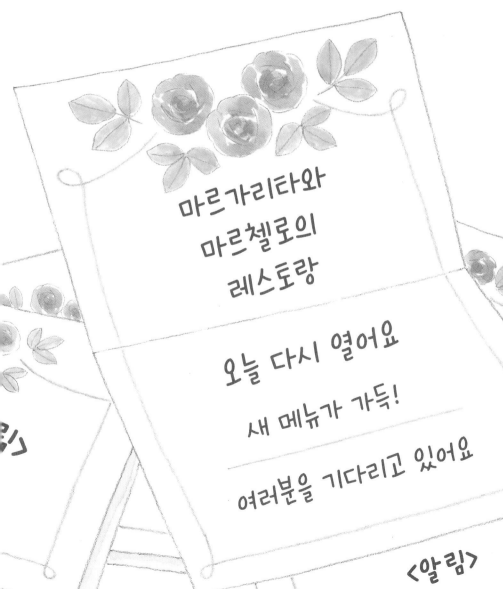

마르가리타와
마르첼로의
레스토랑

오늘 다시 열어요

새 메뉴가 가득!

여러분을 기다리고 있어요

〈알림〉

이게 바로 레스토랑의 새로운 요리들이에요.

해적식
해산물 스파게티

마르가리타식
해적 비스킷

레몬 소스를 곁들인
바다 생선 구이

봄 샐러드

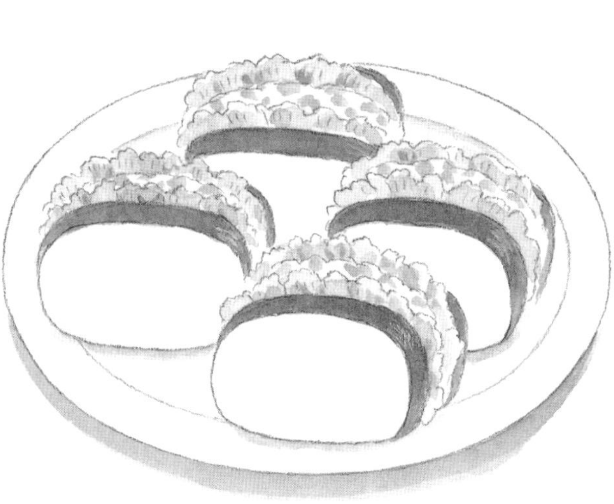

달걀 샌드위치

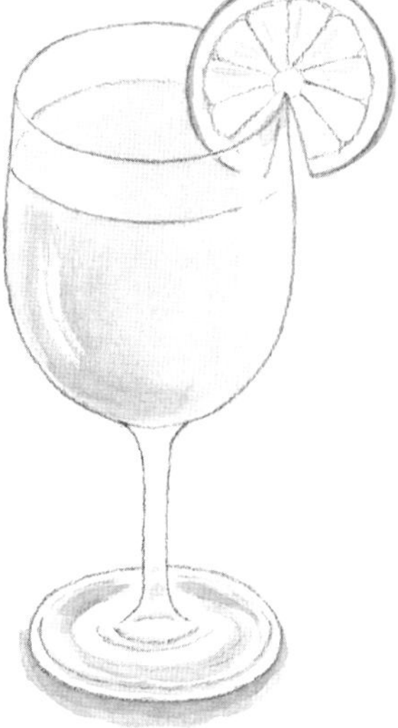

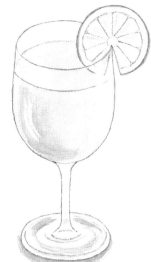

벌꿀 레몬주스

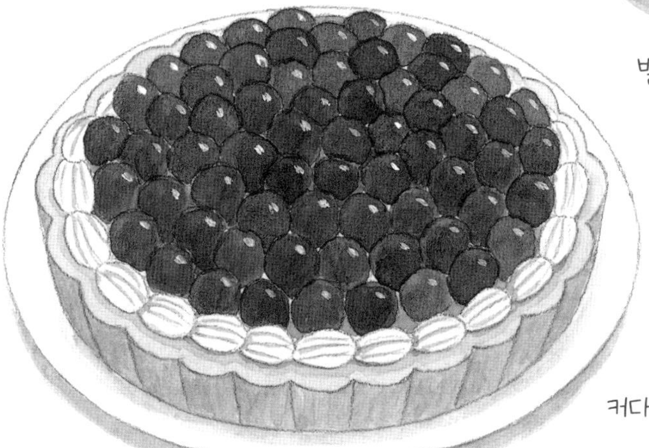

커다란 산딸기 타르트

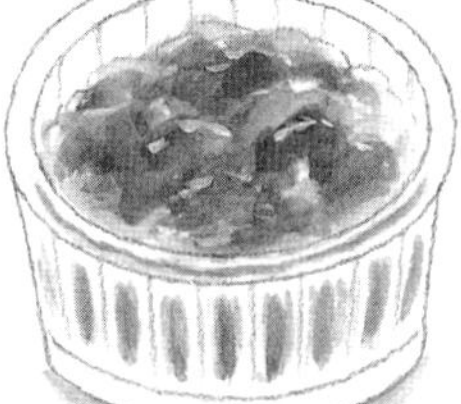

산딸기 잼

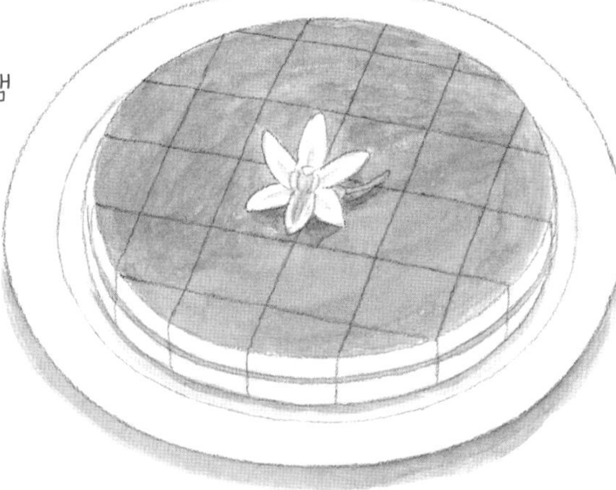

동그란 달님의
벌꿀 팬케이크

자, 준비가 다 되었어요.
이제 곧 마르가리타가 돌아오기만을 기다리던
많은 손님들이 레스토랑을 찾아올 거예요.

험난한 모험을 마치고 돌아온 마르가리타와 마르첼로.
앞으로 어떤 날들이 둘을 기다리고 있을까요.
그 이야기는 다음에 다시…….

글·그림 **구도 노리코**

1970년 가나가와현에서 태어났습니다.

여자미술대학 단기대학부 졸업 후, 귀엽고 개성 넘치는 캐릭터들의

아기자기한 이야기를 그리는 그림책 작가로 활약 중입니다.

쓰고 그린 책으로는 〈우당탕탕 야옹이〉 시리즈, 〈삐악 삐악〉 시리즈,

〈펭귄 남매랑 함께 타요!〉 시리즈 들이 있습니다.

옮긴이 **김소연**

일본 문학 전문 출판기획자 및 번역가로 활동하고 있습니다.

옮긴 책으로 〈엄마가 미운 밤〉, 〈그 소문 들었어?〉,

〈졸려 졸려 크리스마스〉, 〈숲속의 곤충 씨름〉 들이 있습니다.

마르가리타의 모험

마르가리타의 모험 1 수상한 해적선의 등장

바닷가에서 레스토랑을 하는
곰 마르가리타와 꿀벌 마르첼로.
둘은 어느 날 나타난 해적들에게
조리 도구를 몽땅 빼앗겨요.
요리를 할 수 없게 된 두 친구는 레스토랑을
멋진 배로 바꾸어 해적선을 찾는 모험을 시작합니다.
마르가리타와 마르첼로는 빼앗긴 조리 도구를
되찾을 수 있을까요?

마르가리타의 모험 2 사라진 봄의 여신

해적선에서 내려 눈의 나라에 도착한
곰 마르가리타와 꿀벌 마르첼로.
차가운 겨울바람 때문에 마르가리타가
쿨쿨 겨울잠에 빠지고 말았어요.
마르가리타를 깨울 방법은 봄을 불러올
봄의 여신을 찾는 것뿐.
마르첼로는 수수께끼투성이 헤맴의 숲을 지나
봄의 여신을 찾을 수 있을까요?

마르가리타의 모험 3 기묘한 마법 사탕

눈의 나라를 지나 집으로 향하는
곰 마르가리타와 꿀벌 마르첼로.
그런데 갑자기 봄의 여신에게서 받은
마법 호두가 열리더니
신비한 사탕이 튀어나왔어요.
데굴 데굴 데굴 꿀꺽.
용기를 내어 사탕을 삼킨 마르가리타에게
어떤 깜짝 놀랄 일이 일어날까요?

학교종이 08
땡땡땡

마르가리타의 모험 3 **기묘한 마법 사탕**

펴낸날 개정판 1쇄 2024년 11월 25일

글·그림 구도 노리코 | **옮김** 김소연

편집 김다현 | **디자인** 김윤희 | **홍보마케팅** 이귀애 이민정 | **관리** 최지은 강민정
펴낸이 최진 | **펴낸곳** 천개의바람 | **등록** 제406-2011-000013호
주소 서울시 영등포구 양평로 157, 1406호
전화 02-6953-5243(영업), 070-4837-0995(편집) | **팩스** 031-622-9413
ISBN 979-11-6573-556-2, 979-11-6573-553-1(세트) 74830

· 이 책의 한국어판 저작권은 신원 에이전시를 통해 아카네 쇼보사와 독점 계약한 천개의바람에 있습니다.

· 저작권법에 의하여 한국 내에서 보호를 받는 저작물이므로 무단전재 및 복제를 금합니다.

· 이 도서의 국립중앙도서관 출판시도서목록(CIP)은 서지정보유통지원시스템 홈페이지(http://seoji.nl.go.kr)와
  국가자료공동목록시스템(http://www.nl.go.kr/kolisnet)에서 이용하실 수 있습니다. (CIP 제어번호 : CIP 2019013581)

＊잘못 만든 책은 구입하신 서점에서 바꾸어 드립니다. 천개의바람은 환경을 위해 콩기름 잉크를 사용합니다.

＊종이에 베이거나 긁히지 않도록 조심하세요. 책 모서리가 날카로우니 던지거나 떨어뜨리지 마세요.

제조자 천개의바람 **제조국** 대한민국 **사용연령** 5세 이상